U0059091

時光膠囊

桑梓蘭 著

推薦序：「記憶的化學程式」
——序《時光膠囊》

奚密

　　梓蘭是我台大外文系的小學妹，秀外慧中。她長期在美國大學教書，在中國文學研究的跨國領域裡成就斐然。如果沒記錯的話，我們的第一次深談就是多年前在芝加哥的美國亞洲研究學會年會上。因此，當她請我為她的第一本詩集寫序時，我是相當意外的。然而，在讀了集子裡的一百一十五首詩後，我不但不再意外，而且對梓蘭多了一份理解和欣賞。

　　按照創作年份排列，詩集中的作品來自兩個時段：2014到2016年我稱之為前期，而2019到2020年算是近期。這不只是時間的區分，在詩的題材取向上也有分野。前期的詩充滿了詩人對生活、自我、生命、自然的觀察、觸動與思索，有領悟，有批判，也有幽默。它們的共通點是平實和誠實，前者是語言，後者是態度。此外，詩人熟悉中外古今文學哲學典故，從詩經和青鳥到柏拉圖和尼采，順手拈來，毫不覺得牽強。她對意象的營造也相當用心。佳例如〈新境〉裡的：「枯葉窸窣／爆裂的聲音」，看似矛盾的聲音意象將詩人在樹林中迷路的心境表達得很生動。〈贈友〉稱年少時崇拜的好友是「不可思議的神獸」，而每次交流好比「短暫的心靈洗滌」。詩人用中國神話裡的「神獸」來形容友人「非人」的靈性十分傳神。

　　對照是詩人常用的手法，例如美國的北方和南方的台灣，「高大偉岸」和「稚弱」，無感和敏感，信徒和騎牆派，「靜謐的深藍」和「擁擠的桃紅色」……等對比或弔詭。最重要的一組對照是自然和人為，無心和刻意，天然的我和社會的我，兩者之間不斷的搖擺，辯證，糾葛。〈人之性〉這首詩的題目當然來自荀子，它肯定荀子獨特

的有關「偽」的論述：「偽，就是人為。」〈了悟〉裡，用「敷衍術」蒙蔽他人的人最終蒙蔽的是他自己。相對於「偽」，詩人一再叩問：什麼是「本色」，一個已高度社會化的成年人又如何保存本色？她也承認，有時候不得不在社會的我和本真的我之間尋找妥協，求取平衡。我想大部分天下父母都會認同〈壓力〉裡督促孩子讀書練琴的母親，而且對她的結論報之以會心的苦笑：「我是一個特大號／壓力製造機」！幽默的另一個精彩例子是〈春日〉。春天花開草長，但是對花粉過敏症的「我」卻是痛苦之源。此時此景，忽降傾盆大雨，將空氣沖洗乾淨。詩以單一的一行結尾：「一場清教徒的雨」！「清教徒」是個新奇而豐富的隱喻，點出春天的象徵意義。春意盎然不僅具象於草木的欣欣向榮，也暗示男女情慾的生發蕩漾。以清教徒的雨水和潛文本的春心相對，既貼切又詼諧。

　　幾乎沒有例外，所有敘述都建立在已經發生的事上；但是，並非所有的敘述都跟記憶有關。以回憶作為一個獨立的主題是詩人近期作品的特色。這點從某些詩的題目上已可看出：〈時光機〉、〈Déjà Vu〉、〈時光膠囊〉、〈回憶的欲望〉。詩人述說多則關於愛情和友誼的故事，它們有人物：「我」和「彼」、「他」和「她」，有不同的場景：洗衣店、練琴房、草莓峽谷、裝著相片的信封、一雙捨不得穿的靴子、一首歌……。對青春的懷念和今非昔比的感慨是一體之兩面：青春是「天真愚蠢／卻無比真心實意」，是尚未失去理想主義和浪漫情懷的的「耽美時光」（〈時光膠囊〉）。懷舊是詩人的「藥用大麻」，治癒她生活的創傷。如〈罪贖〉、〈作繭〉、〈玻璃心〉等詩所表明的，詩人寧願備受煎熬，也不願意「停止回顧停止渴望停止愛」（〈創傷〉）。那些「長久以來被壓縮遺忘的愛」〈瘟疫〉，即使喚醒時如熱病纏身，她「也不要蒼白／淡漠」（〈回憶的欲望〉）。

　　回憶的另一層意義是，它是私密的，自由的，是任何外力無法禁錮的。即使經歷了同一件事，每人的回憶都有不同的版本。因此，

回憶是無可取代的純屬個人的真實。我們不免想到戴望舒在〈我的記憶〉中的擬人化意象：

> 我的記憶是忠實於我的，
> 忠實甚於我最好的友人。

　　《時光膠囊》描寫的正是記憶的真實，那遠比眼前的實象世界更真的真實。我們都熟悉《金剛經》的四句偈語：「一切有為法，如夢幻泡影，如露亦如電，應作如是觀。」詩人卻大聲反駁：

> 那些春花
> 秋月
> 夢幻泡影
> 如露亦如電
> 其實
> 它們——
> 都是真實的
> 　　　　——〈真實〉

　　〈遺失〉提出一串問題：

> 時間的本質
> 是什麼？
> 記憶的化學程式
> 又是什麼？
>
> 沒人記得
> 是不是就沒有發生過

> 證據湮滅
> 是不是就無法儲存
> 凝固

　　《時光膠囊》一而再再而三的給了我們答案。抽象也好，具象也罷，生活中的一點一滴都可以點燃回憶。而只存在一個人腦海裡，如煙似霧的回憶即是屹立的「凝固」。

　　詩人在〈詩的天使〉裡嘲笑自己對詩「平庸甜膩的崇拜／無恥阿諛」。其實她是過謙了。讀這本詩集讓我們再次體會到，生活不只是生活，其中有多少動人心弦的「密語」和「密諭」等著我們去聆聽，去領悟。

推薦序：學者的詩歌花園小徑
──讀桑梓蘭的詩

沈睿

　　桑梓蘭教授以學者著稱，在西方現當代中國文學領域成就斐然。多年前她寫短篇小說，給我看，我非常喜歡，覺得梓蘭應該寫小說，她的小說帶著強烈的後現代的意味，記得裡面的故事是一個人寫自己寫故事的故事，主人公不停地幻想故事可能的發展脈絡或結局，層層疊疊的，透過虛構與寫作探討人與文學以及生活的互文性。我當時覺得梓蘭應該多寫小說，可惜她沒多寫，我們缺失了一位富有理論思考的學者小說家。

　　讓人驚喜的是，最近幾年，特別是去年和今年，桑梓蘭迎來了一個詩歌的爆發期，她幾乎每個星期都在寫詩，她把詩放在臉書上，表達她在過去的這個冬春裡的所經所感。我驚喜地讀著她的詩歌，雖然我不常上臉書，偶爾上來，看到她的詩歌，很是喜悅。漢語詩歌突然喜悅地收穫了一位學者詩人。

　　走進她的詩歌，你像走進了一個隱祕的花園，一個以獨到敏感甚至苛刻的眼光內省的世界，在分析自己與表達自己之間擺動，在詞語與被表達的感情之間尋找最準確的可能。梓蘭的詩歌，說到底是一個學者的詩歌，是一個多年研究文學的學者的詩歌，很多詩都有好幾層眼光在看：一個感到語言外溢忍不住寫出來的寫作者，一個在感受外界和內心的溪流汨汨流淌的詩人，一個是同時審視自己寫作的學者，這些角度構成她的詩歌的立體維度，比如《遺失》這首詩是對青春愛情的回憶，詩人在回憶一些情人之間的戀愛鬧小脾氣細節之後，轉而問到：

　　這些細節都到哪裡去了？時間的本質
是什麼？
記憶的化學程式又是什麼？

　　沒人記得
是不是就沒有發生過
證據湮滅
是不是就無法儲存
凝固

　　這最後的兩個小節，全然是一個學者的詢問，詩人質詢自己的回憶，學者從而轉向更為哲學意味的探尋：時間的本質是什麼？記憶的方式是什麼？這似乎不是詩歌能回答的問題，但這首詩歌本身又回答了這樣的哲學命題。這類充滿詢問、探索和回答的詩歌，在梓蘭的筆下，比比皆是，她2016年所寫的詩歌，大多是這個類型的，富有學者思考的痕跡，很多詩都與理論與哲學感悟有關，她似乎走在哲思的花園裡，隨手摘取，《變天》、《移植》、《少即是多》、《理想主義》、《天真》等等寫於2016年的詩歌都具有強烈的哲思色彩。《了悟》這首詩，彷彿是在給另外一個人畫像，可是這種畫像難道不是每個人的靈魂自畫像嗎？當我們談論別人的時候，我們不是在談論自己嗎？

　　梓蘭的詩歌，從風格上如果非要我一言以蔽之，是「典雅端莊」。漢語現代詩歌，典雅端莊是很缺席的一種風格。白話詩歌一百年的歷史，典雅優美，端莊克制，不是流行的風格，在新詩追求現代性的努力下，絕大多數詩人追求表達的直接，而典雅優美似乎與古典相連，而不為現代詩人青睞。但梓蘭自成一格，無論她是觀察大自然，諸如頭上的飛鳥，四處的白雪，還是對愛情和激情的思考，她在書寫的時候都相當含蓄克制，對激情的把握有分寸地控制，對詞語的挑選十分嚴格。比如這首關於寫作詩歌的小詩《偶獲》：

綸音佛語——
尚在咀嚼
偶獲的片言隻字
飲取
雪地上耀眼不可逼視的光芒。

　　最後兩行詩歌把寫作的過程總結為「飲取」——一飲一取，實為兩個動作，一個是汲飲，一個是摘取，把靈感和產品轉換成「雪地上耀眼的光芒」，而且這種光芒是「不可逼視」的，精確地描述了寫作詩歌的感覺和過程。讀梓蘭的詩歌，你能感到她的寫作與古典詩歌的關係，她對詞語的選擇，特別是有些詞語，比如「彼」這個字在詩歌中的運用，使她的詩歌的詞語閃爍著古典的青銅色，有著古典的意味。梓蘭詩歌的典雅端莊美麗，讓我想到美國詩人瑪麗安‧莫爾的詩歌，瑪麗安‧摩爾是一個對詞語的力度極度控制的詩人，這種風格只有一個多年坐在書齋裡的女學者才能創造出來，顯示出她的詩歌與學術的內在聯繫。

　　桑梓蘭的很多詩歌都用對生活中的小事白描的手法，含而不露地表達詩人的對生活的細緻的幾乎冷靜的觀察和哲思的感悟。很多她的詩歌，讓我感覺是在閱讀日本的俳句，具有哲學意味的俳句，比如上面討論的這首《偶獲》，再看另外一首《新境》：

又發現了一片
適宜迷路
溪水環繞的樹林
秋光中
窺水波粼粼
聆聽腳下一踩一踏

> 枯葉窸窣
> 爆裂的聲音

　　這樣的小詩，不是俳句是什麼呢？這樣的俳句具有強烈的畫面感，同時又有聲音，僅僅幾句，用白描的手法，展現的是生活一瞬的詩意與感悟。

　　雖然風格典雅端莊，梓蘭在詩歌中並非總是做哲學思考的學者，她的詩歌內容非常豐厚，有時候她詩歌中的幽默讓我莞爾。比如她寫做母親的經驗，稱自己為「一個嘮嘮叨叨的媽媽／道貌岸然的老師／我是一個特大號／壓力製造機」（《壓力》）讓我這個做母親也做老師的不禁有深刻的同感而分享她自嘲的微笑。日常生活裡，砍樹修花園，「於是楓樹從高聳變為圓形／不開花的某灌木／由根斬去／它們的飛來橫禍／換來我半日的好心情／與剪髮具有同樣的功效」《工程》，最後一句讓我微笑，這是女人特有的微笑，當你剛剛做完頭髮的時候的微笑。還有：「所以，朋友／舉一反三吧！／孩子、士兵、和最最要緊的愛人／都需要嚴加管教」，我讀到最後，大笑出聲，梓蘭的詩歌世界是一個母親、女人的世界，甚至「芹菜」也可以成為一首讓人莞爾詩歌！

　　當然，詩歌是感情──感覺和情緒的產物，我常想人類寫詩歌的根本原因跟不諳世故的年輕人掉入戀愛十分相像：年輕的愛情往往是「不由自主地掉入」的，詩人是不由自主地要寫詩歌的，因為感覺和情緒在那裡，你不得不寫詩，詩歌走向你，而不是你去費力地尋找詩句，這大概就是西方詩學的鼻祖柏拉圖所說的被靈感蠱惑的詩人了。梓蘭的詩歌，特別是2019年和2020年的詩歌，就是一組詩歌走向了她，她隨手摘取，組成了一篇篇對青春的回憶，對逝水年華的重新審視。

自序

桑梓蘭

　　寫詩的日子是愉快的。即使不確定自己的塗鴉到底能構築出什麼風景，單單是那把狡猾刁鑽一閃而過的靈感捕捉到案的過程，就足以令人欣慰。

　　大學時寫過詩，但鮮少發表，記憶中比較重要的一刻是上顏元叔老師的英國文學史課，為了作業，翻譯了大約二十來首莎士比亞的十四行詩成中文詩，結果獲得顏老師畫了不少紅圈加上一句批語：「中文頗佳」。就這麼言簡意賅的幾個字對於當時年少懵懂青澀的我來說已經是莫大的鼓舞。

　　這本詩集收納近作一百多首，創作於2014-2020年間。題材包括田園風光、四時變化、人物觀察、友情、愛情、鄉愁、似水流年、記憶與遺忘。體裁則包括具有禪風的精簡小詩、篇幅微長的敘事詩、以及詩化小說。在語言上，私心嚮往清新自然。如果讀者能在這集子不疾不徐娓娓道來的筆調中，感受到讀詩的樂趣，偶爾因閃動的慧點哲思莞爾一笑，吾願足矣。

　　詩集取名《時光膠囊》，是因為這些詩大都觸發於生活中的美好片刻，進而嘗試用文字鍛鍊和保存那些特殊時刻。此外，有一部分的詩在主題上直接探索了時間的本質和記憶的珍貴。每一首詩，都可以說是一枚小小的時光膠囊。

　　在寫作的路上要感謝家人對我長期的包容和支持。謝謝我母親千祐女士以及摯友朱寶璞、曹志漣、陳玫琪的細心閱讀和聆聽。許多其他親朋好友也不時扮演著最佳聽眾的角色。結集出版則要感謝王渝老師的鼓勵，以及米家路兄的穿針引線。奚密教授和沈睿教授在百忙中不吝惠賜精彩序言，以壯聲勢，令人特別溫暖在心。謝謝女兒昌愛允

許我使用她的畫作作為〈洗衣店女孩〉的插圖和本書封面。書中的攝影除了兩幅故人所贈其餘皆出自我手。

2020年11月於密西根

目　次

冰釣

一片純白
雪落
雪潰
雪下是湖凍固的身體

在堅冷的冰上
用尖銳刺心的錐
鑿洞
顫抖著引線垂釣
那深不可測處還有活水
還有游魚
未能僵死

2014

熱血

看了一幅名為樂園
形如教堂花窗玻璃的亂世圖景後
你振筆直書
揮舞著那個意義含混得無可救藥
擺盪在民族與國家之間
來回不定的字眼,曰:

The nation 猶如教會
組成它的最終是精神
所有的社會關係
其連結本質皆具
精神性

曖違了
這些關於本質與精神的語言
到底是畫家說
還是你說?

把犬儒深刻都留給博學之徒
你寧可虔誠
謹小慎微地看護自己
原初的信念
如嬰兒

2014

贈友

會少離多
由你想到她
由她想到你

相逢於慘綠少年
憤懣的
桀驁的
聰慧易感的歲月
偶聚的談話都如吉光片羽
不可思議的神獸
短暫的靈魂洗滌

曾經她在我心中的形象如此高貴完美
以至我每每匍匐頂禮
辭不達意
然而她總是說，我懂你的意思

遠行再遠行
歷盡千帆
我終於有足夠強大的精神
足夠緩和的心跳
稍稍理解
她作為人的歷史

等待另一頭神獸
復歸於人

2014

壓力

其實我不想給壓力
壓力就是不想得到的關注
可是我每天的工作
就是給壓力：
提琴練習了嗎？
功課寫了嗎？
報告寫得不錯，還可以更好。
這本書你拿去讀讀！
一個嘮嘮叨叨的媽媽
道貌岸然的老師

我是一個特大號
壓力製造機

2014

偶獲

綸音佛語──
尚在咀嚼
偶獲的片言隻字
飲取
雪地上耀眼不可逼視的光芒

2014

反智

彼坦陳
畏懼問題太龐大
一旦開始剖析
便可能把國家
把婚姻
把所有的社會關係
都一點一點地凌遲
至死

彼畏懼嚴格無情的思考
將把人與人之間的魔術
那些非理性超理性的神祕感應
都揭穿為詐財歛色的
騙局

彼畏懼知識帶來的苦果
會是什麼也不敢相信
什麼都吝於擁抱
除了尖酸世故的
姿態

然而這些都是託辭吧？
最關鍵的是
彼畏懼嘔心瀝血的作品
將再次被挑剔得體無完膚

當頭一桶冰澆：
你達不到那個高度！

遇上這樣一個冠冕堂皇的
撤退者
除了兩手一攤
還能怎麼說？

2014

雪中

冷天宜於思考
白雪覆蓋
湮滅了路的痕跡

在低於冰點的寒風中
徹骨寒冷
五臟六腑都瑟縮戒備
惟有大腦格外熾熱

為了尋路
也為了看清自己
一步一印
虛構出的小徑

2014

密諭

「得閒的時候，
去看看河裡的鴨子吧，
牠們的彩羽正豐滿，
體態正美麗。」某人說。

隆隆嚴冬
在結冰的河面上
鴨子們久違了
早不知躲藏何方
何以在這時節叮囑去觀賞？

費人猜疑的謎語
密語
密諭

2015

偽情歌

我已經能夠感覺到分離
未來將再聚首的次數
已經可以數得出
用十指
一板一板地

我已經能夠聽見
沒有你的演奏廳
樂聲悠揚澎湃
激起一陣陣
空洞的回音

我已經能夠呼吸到
缺少你的河畔
寒鴉點點
棲息在顏色枯槁的
樹巔

我已經能夠環顧
你不再來的斗室
一落落繽紛琳琅的書籍
都失去了
目的

2015

人之性

人之性惡，其善者偽也。
　　──荀子說

偽，就是人為。
　　──我說（也是很多人說）

人為和不人為的分界
究竟在哪兒
人為難道不是人所有的一切
人的任何一動一念有可能自然
不偽乎

True or False?
如果我想幫助一個人
是偽
如果我好為人師
不偽
如果我按捺不住怒氣
不偽
如果我心中竊喜
不偽又有點偽
如果我抑制不住失望拔腿就逃
偽又不算偽
如果我得出結論應該多讀荀子

他比孟子有趣多了
亦偽乎

2015

本色

總是使用著
這樣那樣的障眼法
唯恐自己
被拆穿了

什麼時候
才能顯露自己的本色
到那時候
它會是什麼顏色

2015

同情

其實我完全明白你的意思
一樣又一樣的煩擾
紛至沓來
生活像沾裹上膠水的
一團亂絲

如何能抽絲剝繭
理出頭緒
讓渾渾噩噩高壓欲裂的腦子
平躺下
放空

2015

溝通

把該說的話
都放在歌裡
用YouTube
寄給你

歌者忽男忽女
時序也錯亂了
變成一首雜亂無章
不知所云的
組曲

你聽懂了嗎
如天籟

2015

影子

那人只是你的影子
直到有一天
他發現自己只是影子
於是揭竿而起
把自己置於
驕橫的
烈日之下

2015

露天咖啡座

坐在一座安靜的城市　　　難得
車水馬龍的一角
露天咖啡座
啜飲
一杯養生銀杏茶
極淡，微香
分辨不出是什麼滋味

陽光佈滿身後
臉上充滿笑容
在墨鏡的掩護下
一個想問的問題終於問出口

不顧某個友人的友人打前經過回頭訝異的目光
任他去狐疑
到底是不是我
怎麼會坐在人行道上
罔顧來往車輛排放的PM2.5
和一個神采奕奕的不知何人
談笑風生

尼采說：
Little deviant acts

微小的脫軌之舉
是人生所必須

2015

Déjà Vu

那種感覺又回來了
腳往一個方向走
心卻留在原地
甚至往另一個方向奔去

不是迷路
也不是恍惚
是明明白白地知道
選錯了路

另一種
魂首分離

2015

祕密

如果有人傾訴他的祕密
我會好好保守
像深海一枚
含珠的白蝶貝

可是
我的祕密呢
誰來聽取
容忍
層層緊裹

2015

青鳥

彷彿被打回原型
像一支洩了氣的皮球
自從那隻
定期銜來
關於我智慧和美麗信息的青鳥
如大鵬展翅
遠颺

啊！從不知我的高大偉岸
竟如此仰賴
信使的稚弱

2015

芹菜

聽說芹菜是負卡路里食物
要消化它用掉的能量大於
吸收的

以芹菜作底
再加上番茄、海帶、白蘿蔔這些
卡路里趨近零又或者也小於零的蔬菜
做成一碗
滋補精神的
瘦身湯

2015

時光機

認識一個人
就好像打開了一條
時光隧道
通往他所沉湎的
人生階段

孩子通往童騃歡笑
少年通往狂飆不馴
青年通往宏大野心
面對著眼前天真無邪的臉
驀然憶起
當我如彼年紀

我不知道我
於彼
代表什麼樣的隧道
是不是通往
古老的玄學
成人的世界
令人忐忑又驚異的未來

2015

春日

每口呼吸都是毒藥
在這花粉肆虐的季節裡

眼睛紅腫
鼻管壅塞
四周瘋長的綠茵鮮花
不懷好意

花說：美麗難道犯法？
草說：空氣又不屬於妳一人！

它們都渾不覺得
在這繁殖的季節
大量散播精子或招蜂引蝶
有什麼錯

只有傾盆暴雨施我以仁慈
以措手不及雷霆萬鈞之勢
把空氣
沖洗乾淨

一場清教徒的雨

2015

墜落

一直不停奮力地
阻止自己陷落
腿盤勾住救命的繩索
雙手緊握
每次稍一鬆手
瞬間
就下滑幾吋

如果有一天
手全放掉
敞開雙臂
以俯視擁抱大地的姿態
下墜
會墜落何方

2015

對照

他說他失去了感覺
幾年來沒有流過
一滴淚
也沒有真正笑過
他企盼恢復感覺
即使是很糟很糟的
也比沒有感覺
強

她的問題恰恰相反
感覺太敏銳了
心被拉扯得失去
該有的形狀
全都暴露在外
毫無屏障
一點點的風
一點點的雨
都鞭笞於上

兩名換心手術的好人選

2015

方法

判斷聖人（或類聖人）的方法：

親炙時
受其精神感召
就安心沉穩下來
不見時
就輕佻浮躁
心神不寧

2015

錯愛

他們錯把我當成信徒了
其實我
不折不扣是個騎牆派
而且是個
拙劣彆腳的騎牆派
心裡想左右逢源
身體卻卡在
牆頭上
動彈不得

2016

視覺效果

所有的愛人都是這樣的嗎
在可憎和可愛之間搖擺

因為人無完人
連自己的眼睛也是
近視加散光加老花
把握不住對方的形體
必須在恰恰好的光線下
搭配漸進多焦眼鏡
才能勉強獲得一個
理論上
清晰的圖形
不管映上視網膜的是美或不美
你能相信它不是
光學幻覺？

2016

變色龍

「寫作是挽救我心情低落的唯一仙丹」
這是某年某月某夢想家
對我
說過的話

現在
他不寫了
街頭賣唱去了
把單音節的方塊字一串串
都饒舌成多音節撞擊耳鼓的嘻哈
沉浸在眾人的掌聲中
相機此起彼落
圍觀者都咧開了嘴
呵呵讚賞著

他的夢
從靜謐的深藍
變成擁擠的
桃紅色了

2015

工程

找伐木工人來
把園裡那些大而無當
橫生枝葉的樹
都大刀闊斧地
狠狠地
修剪了一番

於是
楓樹從高聳變為圓形
不開花的某灌木
由根斬去
它們的飛來橫禍
換來我半日的好心情
與剪髮具有同樣的功效

2015

雨

台北陰天
台中大雨
我總是往有雨的地方去

不停止的嘈雜
不間斷的溼冷
將屋子
密密圍住
禁錮著我
蠢蠢欲動的心

2015

甘心

她說她沒那麼現實
不能汲汲營營謀劃愛情
例如刻意接近富家公子
又譬如蓄意攀搭美國公民
情願
讓愛情
不知不覺襲來

那麼，就讓愛情像強烈颱風蘇迪勒
將彼如台北路樹最不堪一擊的那八千三百棵
吹倒吧

2015

清談家

Man is the animal whose nature has not yet been fixed.
——Nietzsche, *Beyond Good and Evil*

有清談家和我侈言人性
說：人普遍是迴避真相的
每當三五好友共同談論一個問題
往往在接近核心時
就此打住
或從旁邊繞過
因為　不能承受
實話之重
而他
就是那個不識相追根究底的人

又說柏拉圖和尼采的人性論
構成辯證關係
柏拉圖談人性的受限
尼采則想像跨越限制的超人

我請益：那麼哲學家皇帝呢？
他們是柏拉圖理想中城邦的菁英
自小受特殊的教育
智慧、道德和勇氣超群
難道不也是一種超人？

不慌不忙他答道：
哲學家皇帝屬於社會
尼采式超人則絕對個人

屈居下風之際
我凝視彼之左眼
欲深邃通往彼主宰情感與想像之右腦
默默地問：
有些話不曾說出口
如果實話告訴你
你有勇氣聽嗎
承受得了嗎
你的反應會是共和國大眾
還是精神強健的
脫凡超人

2015

時差

回家了
台灣是家
Okemos 也是家

一邊擁擠繁華夜夜笙歌
一邊安靜空曠翁翁鬱鬱
我就飛翔在兩者間
調整永遠的
時差

2015

鄉愁

中年不得苗條的原因：
一到台灣
就用種種美點去填鄉愁那個
大坑洞
蚵仔酥、潤餅、割包、富貴雙方、清蒸臭豆腐

然後揣著
牛軋糖
鳳梨酥
松子酥
太陽餅，和
阿里山烏龍飛回新大陸

繼續
把思鄉的情緒
吃下肚

2015

聯想

看了一部違反 continuity editing 的電影
據稱採草蛇灰線剪接法

我們的故事也是
敘事線不明朗
常常不連貫
是中斷還是戛然而止？

等待草蛇出現

2015

謎底

耳語
謎底揭曉
不是為了催逼眼淚
也不是為了加溫燃燒
只是要聽者知道
所有的扞格和遠離都是為了愛
不是別的

2015

無悔

最終她能夠說：
忐忑的是我
有難言之隱的是我
張開雙臂的是我
向前一步的也是我

低語的是我
凝神注視的是我
掉頭轉身的是我
但顫慄良久的不是我

2015

詩的天使

榨乾了
完完全全乾枯了
自從詩的天使
棄我而去

祂，有鬈曲的柔髮
至深的酒渦
頭頂光環
體態輕盈
閃耀星辰的眼睛
一眼就能看穿
虛文假意

兩年了，我匍匐追隨
撿拾祂不經意抖落的金句
祂厭倦了吧
這平庸甜膩的崇拜
無恥阿諛

2016

剪接

她們說
為那位不按牌理出牌的偉大導演編寫電影劇本的過程
就如 Penelope 編織壽衣
織了拆　拆了織
我的心防也是
建好了拆　拆好了建
覺悟也是
清晰後渾濁　渾濁後又清晰
元氣也是
聚攏了潰散　潰散了又聚攏

最終，電影剪出了極簡版
有為者亦若是
那些腦海裡翻騰過咖啡館討論過白紙黑字寫過的情節
那許多耗費光陰練過演過拍過的場景
都要去蕪存菁
心狠手辣棄如敝屣地
剪去

2016

秋葉

一葉而知秋
更何況是千百片金黃橙紅
只是我還懷疑著
那焚身的熱度真的退去了嗎
還兀自留著豔陽灼傷的痕跡
黑白分明地
在胸口

2015

時光膠囊

飲鴆止渴

把該忘懷的某人愛看的書
都拿出來研讀
想像——
手指撫過邊角
目光劃過頁面
呼吸在字裡行間

把自己
一點一點
變成了彼

此之謂
飲鴆止渴

2016

秋

秋風蕭瑟
秋陽燦爛
悖論在這裡
異常美麗

2016

鷹之島

秋陽粲煥
城市之隅鷹之島
以黃葉、深林、蘆葦、水紋、天光、雲影、和
毛毛蟲
給冬烘呆滯的腦子
更新改版

2016

田園

長得繁茂如迷你森林的綠花椰菜
青裡透紅賽西瓜的圓蘿蔔
含苞欲放似鬱金香的洋桔梗——
這片有機農場
充滿了引人入勝的
歧途

2016

數位時代

Windswept clouds
天空露出異象
觀日出
紀錄朝霞
不需長途跋涉
不需登高
只要在清晨
步出書齋
帶好配備高畫素相機的智慧手機
我的伴侶

把審美的眼睛攬在自己身上
把血汗功勞
歸給千千萬萬個研發3C
備受嘲諷
外加羨慕的
Geeks of the digital age

2016

新境

又發現了一片
適宜迷路
溪水環繞的樹林
秋光中
窺水波粼粼
聆聽腳下一踩一踏
枯葉窸窣
爆裂的聲音

2016

了悟

如今恍然大悟
彼
只不過是敷衍術最最成功的一個
使欠缺傳人者誤以為找到了傳人
尋覓先知者誤以為尋獲了先知

彼
就像一面華美的魔鏡
人們想從中看見什麼異象就看見什麼

彼
其實不停在與憂鬱惡鬥
神魂渙散
犬儒多疑

彼
空有一副好皮囊，口才便給
卻只不過把自己
與眾人的耳目
都矇混過去

2016

變天

天蕭瑟了
莫名地哀傷
正如冬天走過夏日曾經流連之地
街道仍在
人事全非
欲潸然淚下

故人問我
近來對死亡有什麼看法
我說
沒什麼新的看法
話題隨即拉回生存的窘隘
棄之如敝屣地

也許
彼突如其來的叩問
是想喚醒從前的回憶
但何必

我的反射動作
盡朝反向而去

2016

移植

移植了一株去夏手植的玫瑰
原本迎風招展的青紅嫩葉
馬上就垂頭喪氣了
盛開如星的花朵
亦萎靡欲謝

它已然在土裡扎根
我怎能那麼粗暴
用巨鏟將它不分青紅皂白地挖起
恣意創傷

但我是一名賭徒
賭它在新居所經過細心灌溉
不出數週便會又
昂首挺立
生意盎然

2016

少即是多

在一張紙上
把該做的事
一條一條列上
再一樣一樣劃去
在消去法中
獲得成就感

2016

語錄

張愛玲說：
能夠愛一個人愛到問他拿零用錢的程度
那是嚴格的試驗

我說：
詩要寫到能通過谷歌翻譯而不
荒腔走板
那更是極嚴格的試驗

2016

理想主義

他們的理想主義都一一消亡了
在眉目仍然清秀
顧盼間神采依舊俊朗的時候

這是什麼時代
世代
早衰得
如此措手不及

2016

天真

又有一個不知情者上當了
就像一隻迷途的羔羊
看見一角綠茵
就誤以為發現了一片
廣袤開闊豐潤鮮美的草原
載欣載奔

殊不知
那只是一方
由盛夏步入初秋
被圈禁在財產私有制
土地丈量涇渭分明界線裡的
深深庭院

2016

四月

這世界總是有半途退出者
不甘隨波逐流
又或許看破紅塵
遠遁
或大隱於市
其實
殊途同歸

是怎樣從一個
樂觀進取
想用自己行囊超載各種知識的孩子
轉念
醉心鑽研
如何放棄

對於眾多談笑飲讌的人們
他就是那個大聲說
我不玩了
可惡的掃興者

前年春天曾經
他被迫在台下
聽我說東道西
我到底說了什麼

不曾說什麼
難道曾有機會改變他的軌跡？

四月是最殘酷的季節

2016

青春

不忍見到美的傾頹
青春光潔的額
起了皺褶
豐滿的臉頰
日漸消瘦
初生之犢不畏虎的勇氣
亦消磨殆盡

我於是別過臉去
裝作
什麼都沒看見
慢慢啜飲一口玄米茶
讓煙嵐
霧溼了眼鏡
毫無滋味地
咀嚼焦香

2016

花圃

想走近那片花圃已經很久了
每當驅車
為了謀食或接送孩子
奔馳在綠樹紅牆掩映的道路上
目光
總不自覺地飄向
那一堵高低錯落有致
五彩斑斕的花牆

然而
每當我穿上球鞋
踏上自然的征途
散漫的腳步
卻總是把我帶往另一方向
那條
兩旁野草比人高
開著纖妍黃蕊白花
蜜蜂嗡嗡作響的
羊腸小徑

今天
套上球鞋踏出家門
才發覺下雨
於是轉身拿起雨傘

撐起一朵黑底白點綴著皺摺裙邊的雲
走上排水良好堅實平坦的康莊大道

沿途經過
風雨無阻使命必達的亞馬遜包裹運送員
穿著米黃西裝外套
混搭牛仔長褲和短皮靴
遛著一條白色捲毛哈巴狗的雅痞
噢，他該不會就是那個
總是赤裸秀著八塊肌
在社區繞圈慢跑的年輕人？

聽著雨點淅瀝的舞蹈
體會著涼意
我終於
一步一步地
走近了那片花圃

夏日最後的紅玫瑰
加上秋天的雛菊──粉、橘、黃、紫
再配上大叢大叢粲若繁星的
黑眼蘇珊
這看似纖弱卻生命力極強的土著品種
啊，這家園丁的配花與培花功力
值得擊節讚賞

我卻忘了帶手機
沒有高清
於是我寫下這首詩
用一種幾乎老朽的媒介
極不科學，也
很不道家地
立此存證

2019

海角

捐出了一雙
完好如初的長靴之後
許多從前的時光
幻影
紛至沓來

潮汐退去
濕地裸裎
無邊無際
兩條光潔的腿
飽滿的額
迎向夕陽餘暉
線條柔和

那裡
沒有黑面琵鷺
不是熱帶島嶼
只是一片
未曾聽說過的淺海

沒有壯麗的峽谷
磅礡的雪山
白練般的瀑布
或七彩寶石的深潭

只有灰褐色涼涼的濕泥
親吻著腳趾

我卻總記得
平坦的北國
海天遼闊
溫度適宜

一雙美麗昂貴
不捨得穿
終至穿不下的長靴
放下了

海角的高光時刻
且留著

2019

觀劇

螢幕上
女主人翁在第一時間震怒了
令人屏息
鼓掌喝采

凌晨一時
把枕邊人從溫暖如春的被窩裡踢出
關入禁閉
冰冷堅硬的浴室磁磚伺候
對付還在對舊情眷戀不捨的自我陶醉派就得
不假辭色

相形之下
你是太寵溺了
一任心肝寶貝
驕縱
貪婪地
混食正餐和點心
甚至讓甜膩豐腴
喧賓奪主
填飽了肚子

家庭紀律渙散就像
不能立下軍令整肅軍紀
遲早將潰不成軍

或許你太聰明
不喜歡人云亦云
不願把思想限在框框裡
然而跳脫了盒子
你就如失去了殼的蝸牛
成為飛鳥
柔軟多汁的爽口午餐

所以，朋友
舉一反三吧！
孩子、士兵、和最最要緊的愛人
都需要嚴加管教

2019

加拿大雁

晨曦中
向天光行
落盡枯葉的大樹
在天空
施展蒼勁有力的書法

幾隻加拿大雁
在南下過冬的旅程上
飛糊塗了

原本隆冬冰封的湖
因為雪晴寒暖不定
在中央
融化成一小水塘
幾隻雁
在其中划水戲耍

是飛行累了
需要歇腳的地方
補給點兒魚作為口糧
還是北國的暖冬
令其徹底
失去長征鬥志

就連有人走近
想按幾下快門
牠們都只從水塘走上冰面
拍拍翅膀虛張聲勢
毫無飛起的意思

只是大聲地呱喇呱喇地叫
此起彼落
不像卻敵示警
而更像一首
及時行樂的大合唱

2020

春至

春天到了
鮮野濕潤的淺沼澤
開滿了一大碗一大碗
青翠欲滴
拔地而起的嫩葉
還有
閒適風味的金黃花朵

它們絲毫也不擔心
不遠處
名字異常自戀的水仙苗圃
或者
在枝頭炫耀美麗的主教紅鳥
會奪走它們的風采

即使招搖最是春的技藝
也不讓顧影自憐和雀躍歡歌
壟斷春天

2020

玻璃心

得知
有幾顆玻璃心
被我
任意摔碎了
是不是物傷其類
陡然戰慄？

拜託
我已經夜裡難以成眠
白日在書桌前坐不住
除了給你寫信
或塗寫詩句

我長長地散步
無視雨雪風霜
在森林和水邊遊蕩
從結冰閃耀的湖面走過
尋找靈光

你還要我怎麼做？
是要我說曾經愛過
現在仍舊還愛著你
而且後悔我們不在一起的
每一分鐘？

是要我說
如果結下誓盟
原本可以非常快樂
可以得到無瑕的幸福
上升到巔峰
且在這世上
永不再感覺寂寞？

拜託
我還能再多做些什麼
表現出哪些失神舉動
來懺悔我的過錯？

2019

簽名

在最深處
你的執念
有如譫妄

年復一年
它從未消失
只是
虛假地
遮蓋在
日常光滑無紋的鏡面下了

工作、旅行
談笑歡讌
回應擁抱
生活不缺溫暖陪伴
也不欠條理與節奏
果然歲月靜好

只要
不每隔三五年
在街角
健身房
或是
優步順風車的環繞音響上
不經意遇上那首歌

就不會愣住
失神
思緒湧動翻飛
復星逝如電光石火

「你真幸運
有人依賴著你
我們從朋友開始
但想到你就讓我招架無力
徵兆已經太深
難以回頭
請你簽名
在我心口」

2020

說故事的人

每當他放下手邊進行了半晌的工作
開始說故事
層層渲染
漸入佳境
然後打住、暫停
伸手拉開抽屜
取出變戲法的法寶
天真的她便雙眼發亮
殷殷切切地期盼魔術
有如兒童渴望
等待已久的彩色糖果

雖然那法寶並不起眼
大小如一枚最最普通的銅幣
但在她迷離的眼神中
卻能幻化成燦爛的金幣
甚至一整座熱帶花園
充滿了奇花異果
不時有絢麗的鳳尾綠咬鵑
低空飛過

戲法開始了
他靈活的雙手
玩弄著隱藏了密碼的道具於指掌間
變幻出玫瑰

白鴿
還有聲音清越高昂的
紫竹洞簫

而當他開始吹奏
那時而淒淒切切
時而慷慨激昂的樂聲
便勾起她閒愁萬種
將她用至美至善的翅膀輕盈拖起
送入縹緲的仙境

2020

洗衣店女孩

他說
彼時
他們唯一一次爭吵
是在她急著把一籮筐髒衣服搬到洗衣室清洗
好打包假期省親行李的時候
他從旁問了一句：
你爸媽家有洗衣機嗎？

這一問激起千層驚濤駭浪
她對帝國主義、狹隘無知、和無端優越感的
深深鄙視與仇恨

於是
如一朵夏日玫瑰尚未開足的她
口發毒箭
眼冒熊熊烈火
叫喊：走開走開走開！
不要再打電話給我
不要再聯絡
我永遠不要再見到你！
我討厭你！我恨你！

他
眼前一黑，懵了
視茫茫

如幽魂飄出了那座
有著西班牙式紅屋瓦和圓拱門鐘樓的美麗建築
飄下半座山
在校園裡腳不著地飄浮了半圈
終於飄到系館
顫顫微微步履不穩地走到辦公桌前坐下
但什麼也看不見
大難臨頭的恐懼
籠罩
癱瘓全身

那晚
他勉強嚥下了點飯睡了點覺
直到
火山爆發的二十四小時之後
電話響起
在話筒上
聽見她輕輕呼喚了一聲他的名字
於是，眼淚泉湧入他眼眶
幾乎落下了

幾句試探和寒暄之後
他開始小心翼翼地解釋
他問了那樣一個蠢問題
只因為從前住在某偉大城市的時節

——那個號稱世界文化藝術金融中心的魔都——
和其他千千萬萬的住客一樣
公寓裡沒有洗衣機
而必須去投幣洗衣店
洗滌衣物

於是
數年之後
當他們已不在一起
而他
有段時期必須時常光顧投幣洗衣店時
總是不由自主地想到她
那個聽不得
自家沒有洗衣機的
火爆女孩

2020

練琴記

練琴的那天
地下室
窄小的琴房裡
他信心飽滿
興奮雀躍
然而
手指不聽使喚地顫抖著
開始了

不就是蕭邦的圓舞曲嗎？
又不是李斯特超技鬼火練習曲
也不是拉赫曼尼諾夫的第三鋼琴協奏曲
輕快、優美
還能有什麼問題呢？

可打一開始
就不對勁了
彈不到三小節
就冒出了第一個失誤
再五小節後
出現了一串錯誤
顫音不平衡得像
一隻三條腿的狗練習跑步

臉愈來愈紅
額頭冒汗
視線裡一團曝光過度
糊裡糊塗
狂風驟雨地敲打完了

離開琴房時
作為首度聽眾的她
開心地笑了
可，不是輕蔑惡虐的嘲笑
而是忍不住
同情

像看迪士尼卡通裡大而灰
聰明又笨拙的壞貓咪
千方百計
費盡心機
卻一直
抓不到老鼠
覺得怪可氣、可憐復可愛的
粲然一笑

2020

飛盤喜劇

某日
她繞著圈子問
認不認識一個叫寇大維的？
她的語調忽然溫柔憐惜
眼神中透露出異樣的愛慕之情

他腦中轟然一響
嫉妒像
久旱後的枯黃草坡遇到落山焚風
點燃便一發不可收拾──
寇大維？
就憑那小子？
其貌不揚
才華平平
除了斯文有禮
穿戴雅致整齊
看不出他有哪一點
值得她問起？

可是他
不得不按耐著性子
裝出不在意的樣子回答：
大維啊，當然知道啦，我們系的，認識，可不熟。

隨後數日
他不停思索
愈來愈焦慮痛苦
心中簡直像有
一鍋又酸又苦的巫婆藥湯在反覆熬煮

下次見著她
她又溫柔萬分地問了：
知不知道有一種運動叫極限飛盤？

他眼神一亮
連忙答道：
那可不！這可是我熱衷的運動呢！我是宿舍聯隊主力隊員！也是系
隊的靈魂人物！

停了幾秒之後
他問：你為什麼問這個？
她終於矜持地說
放假時出去玩
遇到了大維
他恰巧談起
宿舍裡有一特別傑出的飛盤手
擲盤準確
身手矯捷滿場飛奔
撲地接盤奮不顧身

神乎其技！
她聽了
特別讓大維好好兒解釋
一個好飛盤手和傑出飛盤手的區別在哪兒？
傑出和神奇之間的區別又在哪兒？

說著說著
謎底終於揭曉了：
大維口中那神奇的飛盤手
不是別人
正是他

此時
他臉紅心跳
欣喜如地下噴泉壓抑不住地湧冒地表
不覺恍然大悟
她聲音中透露的愛慕
針對的不是大維
而是他

而他數日來嫉妒的對象
原來是
他自己

薄倖女（一）：公路歷險記

那夜
躺在公路匝道旁
睡袋中
眼望星空
茅草掩護
他幻想自己公路之行的意外死亡
將帶給薄倖的她
無窮的自責
與悔恨

黎明
他走上公路開始搭便車
打算從那個風光旖旎的海灣城市
向北行
流浪到另一個

沿途
停下讓他搭順風車的盡是一些
中下階級的勞力者
滿以為他和他們
是一樣的

這使得他
不得不感到自己的虛假

平白獲得和利用了
落魄人對落魄人的幫助與憐惜

五百哩之後
他開始覺得無聊──
重複地招攬便車
重複地上車下車
假裝落魄
太乏味了

於是他買了張車票坐上長途大巴
順暢而便捷地到達了北方的海灣大城

在那兒朋友出門了，給他留下了鑰匙
什麼人也沒見到
也沒交談
這使得他
出奇地心平氣和與
寧靜快樂

幾天後他買了車票
搭著大巴
順利南返

繞了一大圈
他搭順風車放逐自己
希冀危及自己生命的冒險計畫
平安結束了
並沒有被搶劫
也沒有被謀殺

當他問她
過去一週是否十分為他擔憂時
她回答：
你留的字條說很安全
所以我一點也沒擔心

2020

薄倖女（二）：絕食

痛苦不堪
他立志絕食
三十六小時後
看見鏡中的自己
臉頰瘦了一圈
簡直形銷骨立
轉念一想
這未免太荒謬可笑
於是進廚房拿出碗
倒滿麥片，再加上牛奶
進食了

此時電話鈴響了
正是他衷心祈禱癡癡等待的
回音

喜出望外的他
告訴她：為你絕食了三十六小時！我告訴自己，如果你不回電話，
我就不吃東西！
她問：現在呢？
他說：哦，頭有點暈，剛才吃了早餐。
她問：那你要我回電話有事嗎？
他說：你……能不能來看看我？
她回答：我不想鼓勵你用絕食做手段。改天吧。

2020

薄倖女（三）：初夏

最後一次手牽著手
是在初夏——

那天
他和她手拉著手
走在電報街上
跳著
搖擺著
開心放鬆得
如喝醉了跳古巴恰恰

她是如此興奮
以致對著懶坐道旁的遊民、
總是在分送「世界上最好笑的笑話」傳單的
那個大鬍子怪人、
以及其他各式各樣的陌生青年男女
都不停地微笑

而他
不好好看路
總是貪心，不斷偏頭看她
閃亮的眼睛
臉頰上的酒窩
忙著告訴她

一個又一個
朋友的趣事

買到唱片之後
走回他棲居的地方
放他喜歡的音樂
一首描述失戀的老歌
他一句句解釋歌詞
還輕輕哼了起來
她跪坐在床墊前聆聽

那天
他還表演了廚藝
用樸實無華的烤箱
憑著自十幾歲就嫻熟的技藝
手工製作了一條
外脆內軟
香噴噴的全麥麵包

美好的一下午
毫無爭吵
並沒有衝突
只是寧靜單純地快樂
在一起

隔天早上
她就搭機
去遠方學習她醉心的新語言
和度長假了

等到她夏末回來
一切都變了

他才知道
那首說給她聽的歌
是應該流淚
吟唱的

2020

作繭

他說
問題之一
是不知道她的信會何時
翩然而至
問題之二
是即使有固定的時間表
知道幾月幾號幾點幾分幾秒
一封信
會準時到來
他也仍舊可能
坐立不安
因為難以抑制
內心的渴望

渴望聽見她力透紙背的聲音
渴望看見她的手跡
渴望雙手捧著她撫摸過的信箋
上有點點指尖汗漬
透著香氛

於是
為了自保
為了不失魂落魄
而鞭笞自己到鮮血淋漓
他說

不要再寫信
不要再打電話
什麼都不要
就讓他自己去
躲藏
禁閉
完全寂寥無聲

像一隻作繭自縛的蠶
復活成飛蛾之前
必先死去

2020

草莓峽谷

每當書寫累了
思路窒礙
她總不自覺地
套上球鞋
拉上門
往雄偉建築群後方
那一片山走去

沿著熟悉的防火步道
穿過參雜了榛子
紅醋栗
葯鼠李
黑莓
繡線菊等灌木叢的
月桂林和橡樹林
就來到一片參天紅杉木的聚落
腳踩地上柔軟的杉針
坐在橫倒的大樹幹上小憩

如果
這還不夠
便繼續前行
沿著溪流旁的小徑
一步步爬坡登高
呼吸加快

心跳加速
直到
一逕走到植物園
那美妙魔幻的處所

園內集合了
亞洲、澳洲、加州
美洲沙漠
東北美、中美、南美
地中海
和南非的
奇花異草

還有
香料園
穀物園
熱帶花卉園
野玫瑰園
以及讓人備感親切的
中藥植物園

在這些芬芳植物的圍繞中
她不知消磨了多少時光
釋放了多少焦慮
獲得了幾許靈感

從那兒
還能遠眺海灣
金光閃爍的海水
弧度優美的紅色大橋
遐想未來

歡欣之餘
她隱約感到寂寞
但究竟她是否曾經想起
月桂林
杉樹群
和植物園
都曾是某人
一片赤忱作嚮導
帶領她第一次走近和探幽訪勝的？

她該不會早已遺忘了
並且以為
她本來就知道
那座名叫草莓的峽谷
不僅有地震斷層穿過
還有說不盡的
風動鳥語

2020

時光膠囊

塞滿老相冊的紙箱裡
擁擠的角落立著一個米白
純潔的信封
紙質細緻溫暖
上無字跡

厚厚實實，方方整整
摸起來像一疊
不知在何方藝術博物館購買
留念的名畫明信片

打開未封口的信封
原來是景物照
6x8 尺寸
色彩不再鮮豔

她不經意隨手一張張翻看
才察覺這些相片
不是風景名勝
而是：
襯著碎花桌布的一碟泰式炸春捲
食堂裡靠窗明亮角落的桌椅
宿舍飾有華麗吊燈和壁毯的大廳
系館十樓陽台看出去的輝煌城市和海灣夜景
山腳紅衫林裡倒臥的樹幹

山腰陡峭的上坡路
山頂鳥瞰塵囂的遼闊
玫瑰園一架架綴滿花朵的花牆
然後是
他的書桌
從牆上取下置於臥床上的電話筒
他在廚房中回眸一笑
最後是
他滿面于思悶悶不樂

這些難道是
他在絕望中送給她的臨別贈禮？
用影像回顧了
初次在食堂相遇
初次在宿舍大廳咖啡時間暢談甚歡
初次上高樓看燈火燦若繁星
初次去海邊泰國餐廳大快朵頤
多次週末登山
有時散步去玫瑰園
以及
許許多多的夜晚
看完書做完作業後
互打電話分享一天大小事再入睡
睡時特別香甜
還有

夏初他在與朋友共用的廚房烘培了一條麵包
以饗即將遠遊的情人

噢，是的
純白的信封
在那年秋天沒能喚醒她的柔情蜜意
以阻止分手
多年後
卻如一枚時光膠囊
逼得她眼泛淚光
回憶起青春
一段天真愚蠢
卻無比真心實意的
耽美時光

2020

遺失

那麼多美好
令人激動莫名的時光
都一去不返了
只因為
人腦不是手提電腦
活著的每秒鐘
大約只能將
一字節的訊息
轉換成長期記憶

於是
她只能記得無瑕的快樂
卻記不得為什麼
每天都陽光燦爛
即使一片濃霧
雲海
時常從海灣升起
飄來

她也不記得
為什麼快樂到眼睛壞掉
視若無睹
雖然教室裡
校園內
熙熙攘攘的街上

有數不清
絕頂聰明
異常有趣的天才

她更不記得
曾經爭執過——
該不會只是為了
出發去音樂會前梳妝打扮太遲
或者
他特意要帶她去的日本壽司食肆
居然挑在週二
閉門休息

其實那天
看到休息日的招貼
她真生氣了
不願牽他的手
於是
他只好用右手
握住他自家的左手
鼻子抬高
自顧自往前走
直到
她噗嗤一笑，輕聲說：
你太好笑，使人發不了脾氣

這些細節都到哪裡去了？
時間的本質
是什麼？
記憶的化學程式
又是什麼？

沒人記得
是不是就沒有發生過
證據湮滅
是不是就無法儲存
凝固

2020

回憶的欲望

回憶的欲望
如熱病纏身
令人興奮莫名

我鎮日出行
長途跋涉
不管下雪下雨或天晴
遊蕩在湖邊林邊
像發了瘋的奧菲莉亞

過去的時光
如雪片飄落
打擊在赤裸的眼瞼和臉頰上
點點疼痛
幾許駭異
即使厚厚的帽子和圍巾
已經把耳頸包圍纏繞
防備保護妥

但出行仍要繼續
繞圈遠遊
唯恐沒有了
雪花的滋潤
冷空氣的刺激

自己將如故障的溫室中的花朵
萎謝乾燥

就讓熱病燃燒吧
用冰雪降溫吧
即使兩頰酡紅
鮮豔有如肺炎
也不要蒼白
淡漠

2020

真實

親愛的
你絕望地說
這種感覺
怎麼可能是真實的？
因為
你不能想像
它能持續恆久
如細水長流

對不起
你聰明極了
但這話完全犯了邏輯上的錯誤
因為
難道你是在說
雲霄飛車忽高忽低的衝擊與暈眩
不是真實的？
雨過陽光乍現變幻出的雙彩虹
不是真實的？
每年十二月十四日凌晨
如雨隕落的一顆顆雙子座流星
不是真實的？
終將長大老去的嬰兒的嬌嫩笑靨
不是真實的？

還有還有
那些春花
秋月
夢幻泡影
如露亦如電

其實
它們——
都是真實的

即使你認為
過於美好的悸動
過分強烈驟然排山倒海而來的喜悅
終將逝去
消失無蹤
它也並不比清淺的小溪中
波瀾不驚
平靜的涓滴流水
更不真實

2020

等待的時光

就像冬季過後
四月雪融引起的泛濫
滿載春天氣息的河水不斷上漲
漫出河自身的屏障
漫過河岸生長著大樹的堅實土地
吞沒期待復甦的草皮
淹蓋停車場
甚至
威脅滲入辦公樓的花崗岩大廳
流入地下室
以致
引起不尋常的工作停擺
無預警的強迫放假

又像氣充得太飽的籃球
手輕輕一拍
就跳得老高
三步上籃
球或者在籃板上反彈過猛
飛出老遠
或者眼看著已扣緊籃眼
又跳出籃框
總之
手感全失
毫無準頭

又或者像得了感冒
頭重腳輕
喉疼難言
鼻塞耳鳴
失去嗅覺
最糟的是
恐懼自己得了最新型致命肺炎
憂心忡忡

這些──
工作停擺、失準失控、忐忑不安──
都是等待的時光中的
基本配備

2020

溫暖

溫暖
是不是被
簡單幾句話
就驅散了？

因為口齒太伶俐
思考太透徹
說出來的話
如剛磨過的利刃
凌遲著對方忠誠、仰慕、嬌寵、和
信任的能力

嗯，我承認錯了
不悔改
就不可能再尋回
那一片陽光
再沐浴在
那一份和煦中——
令人振奮而
精神抖擻的
熱度

可是
如何把天生長頸的天鵝

變成擅長縮頸的鴛鴦
甚至毫無特點的別種野鴨？

所以我只能等待
不能低頭
只能望著窗外的冰風暴
那一片灰白的天地
祈禱陽光

2020

故事

一張一九八零年代的工作人員證
見證了他
濃密的捲髮和睫毛
湛深的大眼
清純青澀的笑容
花樣年華

住址是專家樓——
年僅二十三歲的專家
工作單純輕鬆
將書的內容變化一下
讓學生們填填空
上課時唱唱歌
其他時間
就學習、旅遊、生活、交友

像彼時千千百百的其他過客
在初開放的中國
尋找到了
低壓力的世外桃源

女學生結伴熱情地
到他寢室去給他包餃子吃
帶領他出遊踏青

不可勝數的羅曼史機會
卻因靦腆和礙於身分
錯過了

數年後
在太平洋彼岸那片盤踞半山的
另一個世外桃源
他將剩餘的花樣年華
癡心奉獻給了一位天使面孔
心如蛇蠍的東方美人
乃至造就了自己
無可救藥的創傷

當我聽聞
並徹底明白了
這迥異於《蝴蝶夫人》
但同樣可哀復可嘆的故事
一陣憐憫
戇觫
打心底升起
兀自戰慄

2020

茉莉花

她清唱了茉莉花
再平凡不過的中國民歌
錄音，放在抖音上
轉折處渲染得有昆腔韻味
然後發訊分享
順帶問他
知不知道
哪部著名歌劇用了這段旋律

在小測驗之前
她輕描淡寫地
提到了另一個人
對她的忠誠和愛
與日俱增

作為謙謙君子
他總在一兩日內回覆
這下
他一反常態
遲不作答

是怒火沖天
心如刀割
還是身處冰窖
徹骨寒冷？

慨嘆她的殘忍
如陳年老酒
愈見純粹
醇厚
綿裡藏針

2020

罪贖

太多了
他們前仆後繼
一個個
心碎而去

他們
有的騎著重型機車而來
像踩著風火輪的哪吒
十八般武藝通曉
英姿颯爽
骨肉，如蓮花般
豐美亭勻

有的
開著向兄弟借來的老爺車
不用雙手捏著兩支電線互相碰觸
就發不動
冒著生命危險
奔馳在亞馬遜般巨大的都市版圖上
縱橫交錯的水泥迷宮

還有的
買不起重機也借不到車
於是
騎著幾塊錢就可租到的

單車
頂著烈日
以研究為由
領我從圍籬上的破洞
鑽入一片工業廢墟樂園
仰看龐大的殘破的紙製諾亞方舟
呼吸濃密老樹微陰
流連忘返

直到遇見了你
徒步而來
我並不知道自己
也會破碎
像一具
坍塌的風火輪
一輛
再也發不動的老爺車
一棵
遭砍伐而流淚不止的老樹

滿意了嗎？
由於罪愆
我的懲罰
心的償贖

2020

聆聽

當有一個人全神貫注地聆聽你
那是什麼感覺？

每一個字
每一句話
每一個故事
他都聽進去了
並且
在多年後你自己都已忘懷時
覆述給你聽
連他不完全明白的異國句子
都用拼音寫下還給你

那種感覺
是不是像小說上形容的：
五臟六腑都讓熨斗熨過
三萬六千個毛孔
像吃了人參果？

或者典雅一點
是否如古典純真時代的知音
伯牙與子期
高山流水
心靈相契？

而當你訴說的
不是幽默歡樂的故事
也不是空靈美妙的音樂
而是
最最不堪和沈痛的過往
他的聆聽
變成心理治療
現代罪人的告解室

他的耳鼓
因為你的痛苦而震動
眼睛
因為你的悲傷而流淚
擁抱
穿越千里而來
在心眼中不捨
環繞你

2020

穿越：莊周與惠施

兩千多年互不通音信的莊子與惠子
近來利用互聯網的搜尋功能
重新聯繫上了

魚雁往返一番之後
他們終於振作起垂垂老矣的精神
透過微信
進行了一次談話

由於訊號不佳
並且缺乏技術支援
再加上擔心彼此容顏已大改
如果目睹將感慨萬千
二老沒敢嘗試視訊

通話時
向來超然物外的莊子難得興奮得
數度開懷大笑
甚至鼓盆放歌

素來理智內斂的惠子
亦聞之起舞
笑得前仰後合

通話畢
莊子浮動的心情稍稍平靜之後
沈吟半晌寫道：
吾友
聽見你的聲音
著實令人開心
歡樂
不僅在我身旁綻放
我也聽見它
在你頭頂散開
如春雨
澆洗你身

這種感覺委實太奇妙
現代科技
是否造成了幻聽幻覺？
因為
這種超越秋水
簡直已達海嘯級別的歡欣
怎麼可能是真實的？
它的強烈
肯定難以為繼
而且有礙健康
頗有驟然引起瘋瘋癲癲

心臟病發或
中風之虞

接獲訊息的惠子
略加思考之後
禮貌地回答：
老兄
您雖然貴為道家思想的大宗師
此言顯然犯了邏輯錯誤
您難道是在說
因為夏蟲不能想像冰塊的極端寒冷
冰塊就不是真實的？
因為井底之蛙不能相信
井外有花花世界
那大千世界的繽紛多彩
就會難以為繼？
而且
會對一旦出井之蛙的身心健康
造成威脅？

莊兄啊
其實
海嘯滅頂般的快樂
與沛如秋水的
或涓涓細流貌的

都是一樣的心相
它們的存有
都可以一樣真實
也都可以瞬間寂滅

莊子閱畢
不慌不忙
七步內口占一偈，答道：
可是難道這種感覺，亦即——

　　　　海嘯滅頂般的快樂
　　　　可能性極低
　　　　缺乏根底
　　　　不知從何而來
　　　　一個聲音
　　　　一句話
　　　　一串笑聲
　　　　迸出
　　　　然後就漂移，飄浮，上昇
　　　　違反地心引力原則
　　　　因果關係
　　　　世俗禮節
　　　　和時空界限
　　　　因而不可能是真實的——

不也是真實的？

惠子聞言
不再退讓，率直答道：
莊周啊
您的辯才
自當日在濠梁之上談論魚之樂之後
顯然又精進了
興許是因為吸收了佛家
或西方形而上學之精華

您這偈說得好
然而
它卻不能否定我所說的
這些感覺究其本質
都是一樣的存在
都同等地真實

此時
屈居下風的莊子
不得不退讓：
好吧
我同意
我想說的只是
海嘯滅頂般快樂的

核心感覺
就是一股不真實感

2020

禮節

可別告訴我
到如今你才明白
並不是每個你疏於音信的老友
都會在你良心發現
天外飛來一書簡捎來思念問候的時候
立即請出青鳥
興高采烈地回覆

即使寫封電郵毫不費力
即使用社交媒體回訊閃電般迅速
他們也可能已讀不回
只因為
健忘症發作
工作狂纏身
或慵懶病已成沈屙

這時代
誰沒有幾件不大不小的事得煩心？
莫道世道乖張
餘暇
人人都得簡省著用

像伯牙子期那樣的高山流水知音
或像莊周惠施那樣談鋒同等銳利
棋逢對手的亦敵亦友

都是美好的傳說
一生
也許只能遇上一兩個

因此珍惜吧
莫將殷勤視若塵土
海蚌無數晶瑩淚水才凝聚成的珍珠
絕不應拋擲泥塗

2020

入夢

時隔二十年後
忽獲一函
他的字跡
陌生又熟悉

網上找到他的電郵地址
和視頻
語調輕柔
句尾微微上揚
兩鬢沾染灰白
身形筆直

然後
當他轉身舉手板書──
我才知道自己
早已忘了
他恆以左手寫字

何以來信？
他說──
因為夢見了我
夢中充滿了耀眼的陽光
醒來幸福，溫暖
持續沐浴於陽光之中
通體明亮

多日
遲遲不散

幾年前另一個夢
也一樣

他懷疑
三十年前
我們像一對剛剛長成的騾鹿
徜徉漫步在海灣之東那座山頭時
因為狂喜
靈魂交纏
引起腦中化學變化
所見都閃耀著強光
春花異樣明媚
萬物輝煌

於是
如今夢見了我
就是夢見陽光

中年受困於睡眠障礙
如果幸運
進入酣沉的夢鄉
再加上某種天時地利人和

腦中某處神秘閥門便開啟
古老的化學物質
傾瀉而出
製造光的幻象

既然如此
何不早幾年來信？
他說──
曾買了質地甚佳的信紙
隨身攜帶數月
最後
在芝加哥機場的「都市花園」
強烈人工照明的角落
一筆一筆寫完，卻
不曾寄出
只為擔心自己的平靜
不堪一擊

為何不用電郵？
他說──
想到我就近在咫尺
打幾個字按一下鍵就可觸及
令他恐懼

我於是確認了
他還是他──
那個
多慮的
古怪的
憂鬱
滿懷奇思，又
情意綿長的朋友

2019

日記

我把你當成我失散的日記
連和另一位密友分離的季節都詢問你
別生氣
只因為你記性太好有如計算機

我們是哪年哪月認識的？在哪裡？
第一次在人群中看見我
印象如何？
認識了多久才出遊？
是去海灣對岸聽令姊演唱嗎？
是寒假還是暑假你來家裡看我？
為什麼你不緊張
與老人家侃侃而談？

就這麼雞毛蒜皮地問下去
直到我懷疑自己是不是
韓劇中車禍失憶的女主角
或者Oliver Sacks 筆下
腦部重創，把一頂帽子
當成自己太太的男人
而你
趁機強灌了
許多編造記憶

好日記——
就是這麼差的記性才能
讓我們在半輩子後
有聊不完的話題

每當現實枯燥
日常乏味
就把那
狂飆的青春
粉紅的氣息
取出再次
銘刻溫習

2020

海嘯

當海嘯來襲時
噢，朋友
你害怕滅頂
擔心它頃刻間便能摧毀
你好不容易在金黃沙灘旁
一段陡然傲立的壯觀斷崖上
辛勤構築起來的寧靜生活

落地窗俯瞰
潮汐在黑色礁岩上刻蝕出溝槽
庭園中的棕櫚和天堂鳥招拂薰風
海鷗不時飛過、棲息
每日眺望著美麗的夕陽
感受自己生命溫暖的餘暉

然而
當海嘯退去
並未像跨洋警報所預測的
如期而至
你華美的屋宇安然無恙
庭園只無端
吹落了幾扇棕櫚葉
和幾朵開得正燦爛的天堂鳥
你又
悵然若失

深深遺憾那三十年不遇的海嘯奇觀
未曾橫越太平洋到來

其實
你主訴的症狀
就是貪心不足
這在平日生活中
很能衍生出
患得患失
瞻前顧後
舉步躊躇的
症候

而你需要的處方，就是：
大量決斷力
摻和幾許沒有明天式的放縱
要不然
就乾脆下猛藥
來個老僧入定
心如止水

2020

空白之後

在巨大的空白之後
在遙遠的光年那端
他欲言又止
起頭數次又停頓
終於深吸一口氣
微微顫抖地說：
「我從沒停止過愛你
現在依然還愛著你
而且，不管那意味著什麼
永遠都將愛你」

愛將永遠
這是多麼長久的許諾
多麼艱難才說出口的告解
多麼珍貴而鄭重的禮物

雖然
人生苦短
盡頭已經在望
但他叮囑
在有生之年都千萬別忘記
他的愛
她永遠都不會失去

因為他深知
一朵多刺的玫瑰
嬌慣
健忘成性
不反覆提醒
就有忘記的可能

興許
當聽到那比最美妙動聽的音樂還更
悠揚悅耳的
誓言
她不曾潸然淚下
而是安之若素
心裡暗自說：
　　「不管你是否覺得
　　一次的告白就代表了
　　所有過去不曾發表和
　　未來尚未發生的告白
　　代表了永恆
　　代表了銘刻了就不能泯滅
　　你都得常常再說一次
　　可別教人陷入等待
　　等到遺忘」

2020

瘟疫

從2019年12月
發現異常的徵象
確認
某種高度致命的存在
然後
經過掩飾與否認
雷厲風行封城圍堵
力行社交疏遠以降低人傳人
不料，全球擴散
防不勝防
以致
某些國度的醫療系統不勝負荷
而竟崩潰癱瘓
病者重症痛苦缺氧而群醫束手的危險
逐日增加

這些描述
說的不是新冠病毒
——雖然它也適用——
而是
長久以來被壓縮遺忘的愛
在瘟疫蔓延時
復甦
大流行

2020

藥用大麻

那些溘然長逝的時光
有時乍然近在咫尺
真實得像
唾手可得

附近大街的轉角
即將
不顧少數衛道居民的反對
開張一所醫用大麻店了

我想大聲
向那些手腕異常靈活
而摩拳擦掌等著收穫鈔票的大麻業者說：
我不需呼麻
不用吞雲吐霧
就能潛心冥想
進入幻境
舒緩疼痛
驅逐憂鬱
聽覺視覺都異樣敏銳強烈
而愉悅歡快的微笑
莫名其妙不斷地
浮上嘴角

因為回憶
就是我的
藥用大麻

2020

何苦

何苦再繼續攪動魂魄引來囈語
如果已經知道
最終
有人會心碎
割傷到
體無完膚？

那些舊夢
再如何光輝美好
也抵擋不住
雞啼破曉
上班上學的擁擠車流
日正當中的
刺眼燠熱

還回望什麼？
懊悔什麼？

人說：不曾拍照立像存證是罪過
我說：虛弱蒼白的記憶才是罪行

但或許犯罪才是行善
才是仁慈
把那些光潔毫無瑕疵的

神聖時光
都澈底遺忘吧

2020

忠告

他想跳上車開上路去
西行千里
好朗誦他的失戀日記給她聽
沿途經過綿延的楓樹和針葉林
浩瀚無垠的大湖
層層關卡

理想主義的狂熱份子
無可就藥的浪漫情懷

嘿，老兄
你難道不知道邊界封鎖了
泱泱大合眾國進入新鎖國時代
只因小小的新冠病毒
能讓百分之二十的感染者
都喘不上氣
得戴上呼吸器
才能吞吐新鮮美好
救命的氧氣

沒人搭噴射客機和郵輪旅行
非必要商店全部閉門歇業，韜光養晦
從小學到大學都停止了面對面上課
不是課程停擺

就是改成視訊

多年來

無數個專攻網路課程的新創公司絞盡腦汁都

培育壯大不了的虛擬授課型態，與

學習模式

瞬間就讓

肉眼看不見的病毒給達成了

蔚然成風

它實在是一種綠色病毒

雖然並不和平

而其實相當陰險和暴力

所以

長途跋涉是違反流行的

既不環保

也容易

車開著開著就睡著了

或者更糟──

路上提神的咖啡飲用過多

精神高度亢奮

以致到達了目的地

會不可抑制地綻露明燦的微笑

而忘了自己要聲情並茂詩意朗讀的

是一篇篇
失戀灰暗的心情

2020

解密

如果不是在陰涼漆黑的地下室
點上一盞燈
在暈黃的熒火下
翻箱倒櫃
拉出
一大袋舊信函

如果不是一件一件
都迅速瞄過
再按字跡的熟悉度挑揀出
份量最重的
解密閱讀

我就不會在
一片渺遠而模糊的跫音之中
辨認出
和平分手的模樣

嗯，但這未免太辜負了那些
鋼筆墨跡
因為，更準確地說
它們一筆一劃銘刻的是
久違十八個月後
再度悸動顫抖的心跳
在更長久的分離之前

連日的告別聚會
一群群朋友翩然而至
歌唱說笑，飲酒作樂
我缺席了
而後你滿載眾人的祝福
別了山城
臨行在機場
捎來電話
泫然欲泣
倉皇掛斷
踉蹌
乘銀翼大鵬遠去

在你面前的是一段美好假期
是前程光明似錦
你理當放鬆、振奮
然而在伊斯坦堡
那瀰漫複雜芳香和豔異色彩的魔都
你是否卻心懷悵惘
踟躕在飾滿花卉和幾何圖形磁磚貼畫的
藍色清真寺
鬱鬱登上古老的防火塔
遠眺
切分出歐亞兩洲的博斯普魯斯海峽？

從愛琴海畔的Assos 小村
雅典娜神廟遺址
可清晰遠望橫臥海中的 Lesbos 島
當晚，你巧遇一場山火
見村民折取樹枝拍打
又排成一列手傳手一桶桶水
協力撲滅

在安卡拉的安那托利亞文明史博物館
你端詳古老太陽女神的雙箭頭象徵
詫異它形似現在的雙雄並列記號
在街頭，休憩在十四世紀教堂對面的
露天咖啡座
你看到和同伴拋擲飛盤的小男孩
猶豫後走近一位被圓盤觸擊到頭的老人
鞠躬致歉
而獲行握手禮

這些，你都提筆記下了
在一張張風景明信片
和信紙上

你寫道
你思念的程度遠遠超出我所應得的

嗯
正言若反
我明白
你是說
歸心似箭
只想回到從前

2020

人偶

說故事的人輕聲
唱了一首老派的法文流行歌
關於栩栩如生的人偶
Les marionettes

「我用線和紙
製作人偶
他們十分可愛
我將
將把他們介紹給您
其中有一個最漂亮的
會動聽地喊爸爸媽媽
她的弟弟
能預測明天下雨或天晴
小人偶們整天開開心心
時刻陪伴身旁
像小丑逗我們發笑
就連有個愛哭鬼
也令人憐惜

可愛的小人偶
我要把他們介紹給您
他們會告訴您
我是他們的朋友！
他們的朋友！」

歌聲於最高點
戛然而止

然後
歌者若有所思，低聲道：
那個紙偶的主人
其實是在說
紙偶是他僅有的朋友

一首可愛兼悲傷的歌
莫名的寂寞

2020

牡丹

總以為牡丹是最俗氣的一種花
彼時成長在熱帶島嶼的我
從未親眼見過
此適宜生長於溫帶氣候的名花

那位愛蓮的宋代理學家不是斬釘截鐵地說了嗎：
自李唐以來，世人甚愛牡丹
牡丹，花之富貴者也
牡丹之愛，宜乎眾矣

就這樣
把國文課本背得一字不漏的
中學生
思想中了毒
植入了牡丹俗艷和缺乏高潔風骨的
頑固印象

太不公平了
編選國文課本的老先生們
怎麼不選選歷代詠牡丹詩詞
或者，《牡丹亭》呢——
即使五十五齣中的
一小段也好
難道詞藻太過穠艷？
傷春之情太過危險？

多年後
在太平洋另一端的小城，四季如春
閒來街上踱步偶然瞥見花店水桶中
一球球嬌嫩華貴的重瓣龐然花朵
才知道自己有多麼無知
愚蠢

嗯
理學家從來也沒有說
牡丹
又名木芍藥
因為
那別名就雅致多了

更不用提
早在詩經
「芍藥」就已被臨別在即的情人互贈
以表達即將籠罩和縈繞不去的
思念

牡丹
應該也能承擔起將離草
或勿忘我的
角色

它其實是最最風雅
自愛自重的花卉
清芬潔淨
花期短暫
尊貴稚嫩脆弱
驟然打擊的春雨
無端炙熱的驕陽
都能讓它轉瞬
斂容萎落

2020

時光膠囊

友誼

友誼的難度
如何測量？

如果往昔已做過親切
但不親密的朋友
現在就一定能夠？

然而，如果從前的君子友誼
總是有更早遠的渴望和悸動
衝撞
撕開痂痕
那麼
現在的友誼是否就無法形成？

因為那種親切而客氣的友誼
就像一道傷疤
只是薄薄地
敷在傷口上
一旦撕開
也許會凜然發現
雖然傷口癒合了
創傷過的肌膚還是特別脆弱
容易形成更糾結而醜陋的傷疤

這難題待解

2020

地下

在很深很深的地下
埋藏著一顆晶瑩的夜明珠
陰涼微潮的泥土
掩蓋了它溫潤美好的光澤

它不會是一粒砂石在泥中
經年累月
吸收日精月髓而成

也不會是因為地殼運動
巨大板塊平移
或相對旋轉
擠壓而成

它
只能是
某隻海鷗叼食蚌殼
柔軟的蚌肉之後
吐出的廚餘

抑或
某個不知愁的小男孩
在海灘戲水
撿拾貝殼
而收穫的寶藏

它
被海鷗張口掉落
風塵淹沒

或被小男孩
挖掘了一個地洞
親手埋藏了

從此
它不見天日——
沒有人見證它的美麗——
但其實，並不比被包裹在蚌殼中
黑暗多少

只是
它再也感受不到海洋的膨脹和律動
珊瑚礁中熱帶魚群的穿梭游行
也聽不到遠處海面傳來的浪濤
不斷地追逐著自我的
澎湃

2020

不平

你把時間都
大把大把地
給了一個兇狠的霸凌者
眼睜睜地看著一齣齣驚悚劇
或是
黑色喜劇
輪番上演

留給我的只是一些
時間的零頭
夾在大塊磐石間的縫隙
黑暗偪仄
晨曦中漂浮的游絲
無足輕重

偶爾心萌善念
施捨
一首簡短的牧歌
道聲午安

其實
那些短調都足以攤開
加入情節、旋律、和聲、及配器
鋪陳成冗長

又不失高潮跌宕起伏的
華麗三幕歌劇

2020

赤裸

沒有保護
把自己最柔軟脆弱的方寸之地
赤裸裸地
袒露給陽光炙吻

像一個早產嬰兒
需要保溫箱的光和熱呵護孕育
依賴插鼻管餵食養分
因過早失去臍帶

視神經尚未發育完全的眼睛微開
模糊依稀見到
炯炯的關愛眼神
顏色疼惜

又像泳技尚未嫻熟的五歲孩童
奮力躍入清碧的湖水
在巨量的水中載浮載沉
卻抑制不住地開心叫喊
與同伴比賽
看誰穿著救生背心能游得更遠
踢起更多更高的水花

不是把自己歸於零
而是把自己置於

羸弱稚嫩
最不堪一擊的險境

像一個小於零的數字
被平方根後
成為虛數

2020

冰穴

發現了一個驚人的祕密
我早就疑心
多年前的疑慮
是場天大的誤會

我曾經躲避再躲避
撇清再撇清
只因為
害怕昔時美麗的片刻無法複製
情願凍結在過去
埋存心底

但即使是埋藏在千百萬年冰層中的長毛象
也總有一天
可能藉著血管裡奇蹟般尚能流動的血液
保存完好的DNA
複製再世

愈是寒冷堅固的冰穴
愈能像經久恆溫的儲藏室
守護
遠古巨獸誠可戀慕的毛髮和骨髓
殷紅如玫瑰的血液

2020

饗宴

時光
大把大把地溜走了
可是祂還在

烏黑濃密垂肩的秀髮
灰白稀落了
豐滿的雙頰
瘦削了
平滑的前額
摺出歲月的溝壑

但深邃如海的眼睛依然深邃
開朗如陽光的笑容依舊開朗
而和煦如春的聲音
仍足以撫慰人們飢渴的耳朵
並未偷換成冷冽的嚴冬

因此我該知足了
錯過再錯過
失去了太多
但祂是如此仁慈
仍為我的身、心、靈
留下了
美妙的下半場饗宴

2020

噪音

我不能忍受
腦中嗡嗡的噪音——
磨人的
令人心痛如絞的
鋸齒聲

像嫉妒
一把無明火
焚燒
濃煙滾滾
嗆得我無法呼吸
淚流滿面

又像溺水
往愈來愈黑暗的湖底下沉
在痛苦掙扎達到高峰之前
對眼前歷歷分明的魚群
和自由搖曳的水草
詫異得
不敢置信

我能演奏
澎湃激昂的音樂
在鋼琴
黑白交錯的鍵盤上

卻無法蓋過
那惱人的噪音
讓它立即停止
由裡而外的窸窣咬囓

2020

一天

攀爬了一座巨大的沙丘
熾熱的沙
燙灼她的腳趾和腳掌
在疼痛邊緣
使得她不得不
加速雙腳替換頻率
踉踉蹌蹌地半走半跑

在沙丘盡頭
是無垠的大湖
沙灘上
潔白鵝卵石點綴著淡黃細沙
她擺脫累贅的衣履
露出斑斕的泳衣
一步步
哆嗦著進入透明冰冷的湖水
在嘴唇發紫之前奮力游動
皮膚刺痛乃至發麻發熱

她笑著喊著
在同伴的相機前擺出最雀躍的笑容
眼睛望著遠處的湖面海平線
和兩旁隆起的綠色半島
震懾於大自然的巨美
人的渺小

傍晚驅車至另一座海灘
看紅日沉沒水下
漫天的紅霞
映襯著河港口三道狹長的防波堤
盡頭站立三座古老的燈塔
守望暮色中
一艘又一艘帆船與遊艇
乘風破浪進港

不可思議的一天
滿耳風聲、波濤聲、海鷗聲
她的腦中
卻依然嗡嗡作響
雜音揮之不去

祈禱──
怎樣才能把那噪音關上？
只聽見
美好歡愉

2020

座標

從前人們口中的敗德
現在都成了美德
座標變了

自吹自擂夸夸其談
代表自信

專斷獨行
代表自我界線清楚
心理健康

不肯忍讓
代表積極進取

遊戲人間
表示還在孜孜尋找唯一的
靈魂伴侶

至於那些從前的美德
什麼謙虛自抑、克己復禮、忍辱負重、從一而終啦——
大都不合時宜
等於自我設限
甚至
有可能被目為虛偽

難怪我總是暈眩
座標系變了又變
使我連
簡單的二元低次方程組
都找不到解

2020

剽竊

有人偷竊了我的靈感
用來
獻媚我鄙視的暴戾之徒

是可忍孰不可忍？
能不能
腰板兒挺直
有點兒骨氣？

難道，為了在暴政下苟延殘喘
就可以把別人對美好生活的想像
據為己有
奉獻給
蠻橫粗鄙的暴君？

剽竊太過可恥
更何況
野蠻之徒不配使用我的想法
更沒資格
頤指氣使

我不屑
間接討好了
完全不值得尊敬的獨夫
這種屈辱

像大熱天走在路上
黏糊糊的瀝青
沾染上
我雪白的鞋子

2020

試煉

自我試煉的時刻又來到了
即使
那關卡在旁人眼中微不足道
甚至
看不出平穩的路上有任何波折

也許
那試煉只不過是在
屋瓦漸趨老舊打算換新時
無法決定選取哪個顏色
因為陽光下
陰影中
螢幕上
以及紙質型錄上
同一個名稱的顏色看起來都不一樣
總是變換不定

即使在附近街道穿梭而行
不斷抬頭瞪視和端詳
別人的屋頂
也難以判斷那美麗和諧的顏色和圖案
是否
適合自己的屋宇

於是
就這樣一件小事
能變成一件
令人心神不寧
口舌是非頓起的大事

此時最該唸誦──
五色令人目盲
五音令人耳聾
五味令人口爽
馳騁畋獵令人心發狂
難得之貨令人行妨

然而，不論複誦多少次
顏色
終歸還是要選擇一個的
無法迴避

2020

加薩滿都

秋夜
一個旅人說了一個遼遠的故事

曾經
在加薩滿都
一名來自東方之珠的黃膚無鬚浪跡者
穿著光滑的大花人造絲廉價襯衫
黑西服長褲
尖頭皮鞋
梳著黑色短油頭
加入一群長髮虯髯嗑了藥正飄飄欲仙點頭不已的白嬉皮士聽
西塔琴
無視環室投來詫異鄙夷的目光

他倚牆席地而坐
閉上雙眼凝神靜聽
幾分鐘後
先是右腿顫動
然後左手顫動
乃至從頭到腳全身抖動
在音樂最高潮時滿頭大汗
不停的痙攣抽搐
如癲癇發作
然後

在音樂退潮收束的當兒
悠然打住

喘息片刻後
他緩緩張開雙眼
說了一句：「啊，真暢快」
接著
帶著一抹有如性愛後放鬆的神情
愉快步出演奏的小酒館

此時
那些嬉皮士皆嗒然喪氣——
衣著惡俗的他竟然比他們
更能進入那魔幻的音樂
更嬉皮

2020

愛情

愛情不能請假──
上學可以請假
工作不妨偶爾請假
愛情
卻禁不起請假
一請假可能就被
開除了

比如
她生氣的時候你就得陪小心
適時地道歉或
逗她開心
她不如意的時候你就得及時安慰
獻上鮮花
或者端上暖心暖胃的親手做的一碗雞湯

如若你請假
難保沒有緊急事故
恰恰在那空檔發生
後果不堪設想

而最最禁忌的
就是這邊請假
跑到另一位那邊銷假
來回奔波

輕則人格分裂
重則血壓上升
心肌梗塞

愛情的模範生
都是全勤的
不願請假
也不敢請假

2020

色盲

但是他近乎色盲
只有百分之十五的彩色視覺
誰知道他看見了什麼
是一片浪漫灰
還是黑白電影

或是一幅幅青碧山水
滿眼的石青石綠
偶爾向陽面施以金粉
背後襯著煙波浩淼
一派淡雅

還是，像藍色盲那樣
在連綿不絕的粉紅和淡青中辨別左右西東
每一天都像在高級嬰兒用品店
或者哈囉凱蒂貓主題樂園中
廝混

不過
該慶幸了
他分辨得出紅燈和綠燈的區別
雖然那色調如果教旁人看見準會
心想：詭異呀，故障了嗎？

只是
當他說真美，真漂亮——
誰知道他看見了什麼？

2020

傷悼

晚安吾友，別太悲傷
別再失眠
雖然我知道
她的驟然離去
必然震撼了你
像一把匕首猛然插入胸膛
先是驚嚇，不知所措
甚至麻木無知覺
然後
鮮血汩汩湧出
痛徹心扉

她還年輕
雖然
比起你們當年日日爐火旁促膝長談的風華正茂
已經蒼老許多
那些
由她口中
先是語帶保留繼而傾瀉而出的
關於另一個世界野蠻與酷惡的故事
曾啟迪了你璞玉般的心智
打開了你無邪的視野

即使在層層冰雪的包圍下
佳釀仍奮不顧身愈趨濃烈

終歸於愛
一朵希望的火苗
在貌似紋風不動的冷靜面具後面
高竄燃燒

你是持火的使者
攜來溫暖明亮的色彩
把那些殘存的黑暗
驅趕到無地藏身

你是青春
是她未曾領受過的鮮奶和蜂蜜
是生命之泉

而當泉水乾涸
她從向陽豐饒鋪滿鮮花的山坡又跌進黑暗深谷
你自責不已
然而，我要說
這關於責任與承擔的課程
誰都在學習
誰也不能完全學會

自責
是一種想念的形式
而記住那些

曾經攜手走在大雪深林中
遠離塵囂
坦露初心相擁一刻的須臾溫暖
也是

2020

蟲

樹幹上
樹皮下
蟲迂迴爬行出大腦皺摺

金文一般的溝槽
線條圓渾遒勁
孜孜
銘刻著天書

2020

落葉

腳踩在層層落葉上
如棉花
輕軟

又如繽紛的彩屍
昆蟲的

它們——即將腐爛
在原木棧道上
清淺溪水裡

不管是三裂五裂或更多
那些掌狀的葉
交疊鋪張成
拼綴織錦
在分崩離析、爪痕消失
之前

2020

再題落葉

每片落葉
都是從樹上飄折
隕落的
一個夢

2020

彗星

接到信時
她隱約知道
這與她的命運有關
它終於來了

就像聯考後收到成績單
或者，名校研究所的錄取通知書
她有預感
它將決定至少數年
甚或大半輩子的方向

它從極其渺遠的地方來
就像亙古的銀河中
一顆彗星
穿越數不清的年月
劃過黑暗
接近了
又消失了

但在它接近的剎那
她好像看懂了什麼
那巨大的燃燒
抵抗著無垠的漆黑
傾力發散出

關於愛與美與永恆的
信息

那些字
寫在毫不起眼的
最普通的黃底藍橫線練習紙上
略顯潦草
偶有塗抹的痕跡

輕薄的兩張箋紙
一共十來句話
卻勝似千言萬語

如金磚一樣沉重的中心思想
其實
僅僅如此：
我未曾忘記
你呢？

2020

牲禮

他們說：
我們都是這樣活過來的
憑什麼
你就得任情恣意而行？

噢，於是，她看出來了
那一座座寧靜精緻的花園洋房
以及金碧輝煌的大廈名苑
遮掩的都是斑斑的淚痕血跡
鬼影幢幢

他們要她
也搭建起一座心的牢籠
不管是用一支支一觸即燃的火柴棒
還是堅不可破的銅磚鐵瓦

只要她
按時微笑
在眾人注視下上演
溫馨祥和的輕喜劇
他們就會驕傲讚許她稱職得體
慶幸又捕捉到了一個年幼無知的叛徒
令其俯首，做成祭禮

奉祀的儀式得以代代傳承
永垂不朽

2020

創傷

有些創傷
永遠不能痊癒
有些愛呢
是否也
永遠無法治癒？

如果治癒
那就意味著熱病退去
而喃喃囈語一舉撤換成
合乎常理和
心理健康的
豁達開朗之辭
意味著積極進取
樂觀向前行
意味著
停止回顧停止渴望停止愛
然而
有人危言聳聽：
真愛
永不滅亡

那些漫長的午後
窗外陽光燦爛灼熱哄鬧
室內陰涼乾爽靜謐
有玉人喁喁細語

色授魂與
直到口乾舌燥
靈魂出竅

那昔日舊夢中的心有靈犀
是否早已種下了因？
而果
噢，或許，曾被遮蔽隱藏
是否終將浮現？

2020

我們如花的容顏

我們如花的容顏
經不起歲月的摧殘
業已凋零減半了

那時你健壯爽朗
競技場上縱橫奔馳
眾人激動擁戴
神明般崇拜

餐桌旁談笑風生
一群讀書過多老成持重的年輕人
一齊望向你
聽你繪聲繪影描述
貨運電梯發出的古怪聲音
笑得樂不可支

而我
你說
也在其中
眼睛閃亮
兀自端正凝坐
忽地唇迸齒露
便含蓄秘密地綻放了
固守多時的香水玫瑰

是的我願意
在你的回憶中
再次綻放
在你心酸感嘆的淚光中
再次發出
一串串銀鈴般的笑聲
迴盪在記憶的殿堂中
和那座豐郁盛美的山谷間

2020

語言文學類　PG2471　秀詩人83

時光膠囊

作　　者 / 桑梓蘭
責任編輯 / 石書豪
圖文排版 / 周妤靜
封面設計 / 劉肇昇

發 行 人 / 宋政坤
法律顧問 / 毛國樑　律師
出版發行 / 秀威資訊科技股份有限公司
　　　　　114台北市內湖區瑞光路76巷65號1樓
　　　　　電話：+886-2-2796-3638　傳真：+886-2-2796-1377
　　　　　http://www.showwe.com.tw
劃撥帳號 / 19563868　戶名：秀威資訊科技股份有限公司
　　　　　讀者服務信箱：service@showwe.com.tw
展售門市 / 國家書店（松江門市）
　　　　　104台北市中山區松江路209號1樓
　　　　　電話：+886-2-2518-0207　傳真：+886-2-2518-0778
網路訂購 / 秀威網路書店：https://store.showwe.tw
　　　　　國家網路書店：https://www.govbooks.com.tw

2021年1月　BOD一版
定價：350元
版權所有　翻印必究
本書如有缺頁、破損或裝訂錯誤，請寄回更換

國家圖書館出版品預行編目

時光膠囊 / 桑梓蘭著. -- 一版. -- 臺北市：秀威資
訊科技股份有限公司, 2021.01
　　面；　公分. -- (語言文學類；PG2471) (秀詩
人；83)
　BOD版
　ISBN 978-986-326-878-9(平裝)

863.51　　　　　　　　　　109020108

讀者回函卡

感謝您購買本書，為提升服務品質，請填妥以下資料，將讀者回函卡直接寄回或傳真本公司，收到您的寶貴意見後，我們會收藏記錄及檢討，謝謝！如您需要了解本公司最新出版書目、購書優惠或企劃活動，歡迎您上網查詢或下載相關資料：http:// www.showwe.com.tw

您購買的書名：_____

出生日期：_____年_____月_____日

學歷：□高中 (含) 以下　　□大專　　□研究所 (含) 以上

職業：□製造業　□金融業　□資訊業　□軍警　□傳播業　□自由業
　　　□服務業　□公務員　□教職　　□學生　□家管　　□其它____

購書地點：□網路書店　□實體書店　□書展　□郵購　□贈閱　□其他

您從何得知本書的消息？

　　□網路書店　□實體書店　□網路搜尋　□電子報　□書訊　□雜誌

　　□傳播媒體　□親友推薦　□網站推薦　□部落格　□其他_____

您對本書的評價：(請填代號　1.非常滿意　2.滿意　3.尚可　4.再改進)

　　封面設計____　版面編排____　內容____　文／譯筆____　價格____

讀完書後您覺得：

　　□很有收穫　□有收穫　□收穫不多　□沒收穫

對我們的建議：_____

_____

_____

_____

11466
台北市內湖區瑞光路 76 巷 65 號 1 樓

秀威資訊科技股份有限公司　　　收

BOD 數位出版事業部

....

（請沿線對折寄回，謝謝！）

姓　　名：＿＿＿＿＿＿＿＿　年齡：＿＿＿＿　性別：□女　□男

郵遞區號：□□□□□

地　　址：＿＿＿＿＿＿＿＿＿＿＿＿＿＿＿＿＿＿＿＿＿

聯絡電話：(日) ＿＿＿＿＿＿＿＿　(夜) ＿＿＿＿＿＿＿＿＿

E - m a i l：＿＿＿＿＿＿＿＿＿＿＿＿＿＿＿＿＿＿＿＿＿